ADMINISTRATION COMMUNALE DE SCHAERBEEK

SYLLABUS

DU

Cours public de Littérature générale

DONNÉ PAR

M. Georges EEKHOUD

IMPRIMERIE BECQUART-ARIEN

1902

ADMINISTRATION COMMUNALE DE SCHAERBEEK

Syllabus du Cours public de Littérature générale

DONNÉ PAR

M. Georges EEKHOUD

Première leçon. — La Religion à l'origine de tout Art. — Les héros et les dieux. — Mythes et symboles. — La littérature de la race aryenne naît sur les Hauts Plateaux de l'Asie. — Les *Védas* ou hymnes védiques. — Le *Rig-Véda*. (Le Feu, l'Orage, Les Phénomènes.)

2e leçon. — Transformation des mythes aryens adoptés par la mythologie grecque. — ORPHÉE et les poètes fabuleux. — HÉSIODE : *La Théogonie*, les *Travaux et les Jours*. — Les Mythes de Prométhée.

3e leçon. — **La Poésie Epique**. HOMÈRE : l'*Iliade*.

4e leçon. — **Id.** Id. l'*Odyssée*.

5e leçon. — Le culte de Dionysos ou Bacchus et les Origines du **Théâtre**. — Naissance de la Tragédie. — Les précurseurs d'ESCHYLE. — PINDARE et la **poésie lyrique**.

6e leçon. — **Le Théâtre**. — ESCHYLE : sa vie, son œuvre. — Le *Prométhée*. — L'*Orestie* (*Agamemnon*).

7e leçon. — ESCHYLE. — L'*Orestie*. (*Les Choéphores* et les *Euménides*).

8e leçon. — SOPHOCLE, sa vie, son œuvre et son temps. — *Œdipe Roi*, *Œdipe à Colone*, *Antigone*.

9e leçon. — EURIPIDE : sa vie, son œuvre. — *Alceste*, *Hippolyte*, *Hécube*, *Les Bacchantes*, etc.

10e leçon. — ARISTOPHANE et la Comédie. — Esprit et tendances de l'œuvre d'Aristophane. — Les *Nuées*, les *Oiseaux*, les *Chevaliers*, etc. — PLATON et les *Dialogues*.

11e leçon. — **Rome** et les poètes du siècle d'Auguste. VIRGILE : l'*Enéide*. — La création poétique latine tributaire de celle de la Grèce. — Décadence. — Dernier éclat de la civilisation antique à Alexandrie.

12e leçon. — **La Barbarie.** — Les Epopées du Nord. — Les *Eddas*. — *Le Beowulf*. — Les poètes chrétiens : COEDMON.

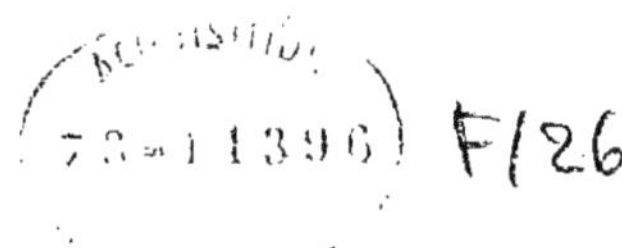

13e leçon. — **Le Moyen Age.** — Les Chansons de Geste. — Le Cycle de Charlemagne. — La *Chanson de Roland.*

14e leçon. — Les romans d'Arthus et de la Table Ronde (TRISTAN, PERCEVAL, LANCELOT, etc.). — Enfance et vagissements de la poésie populaire, féodale et chrétienne.

15e leçon. — **Le Midi** : l'Espagne et le romancero du *Cid.* — L'Italie et PÉTRARQUE. — La Provence, la langue d'oc, les cours d'Amour et les Troubadours. — **Le Nord :** la langue d'oïl. — Les Trouvères. — Les Fabliaux. — Les Mystères. — L'Allemagne et les Minnesinger.— Dans le Nord, les œuvres du **Moyen Age** relèvent plutôt de l'érudition philologique que de la littérature proprement dite. — Chaos, obscurité, verbiage, grossièreté, ou scolastique et pédantisme. — Ce qu'il y a de touchant dans les efforts que font les langues modernes pour se former : on assiste aux mêmes phénomènes en Angleterre, en France et en Allemagne. — L'Italie et l'Espagne plus proches de Rome et de l'influence latine, sont les premières à conquérir une forme presque définitive, les premières à enfanter des chefs d'œuvre.

16e leçon. — Le **Dante** et la *Divine Comédie.* — Autres épiques chrétiens dans les littératures latines : Le **Tasse**, l'**Arioste**, le **Camoëns.**

17e et 18e leçons. — L'ESPAGNE *de* CALDERON *et de* CERVANTÈS. — LOPE DE VEGA : *Le Chien du Jardinier*, le *meilleur alcade est le Roi.* — CALDERON : *Le médecin de son honneur*, *La Dévotion à la Croix*, la *Vie est un Songe.* — GUILHEN DE CASTRO : La *Jeunesse du Cid.* — TIRSO DE MOLINA : *Don Juan.* — CERVANTÈS et son roman *Don Quichotte.* — Les romans de chevalerie.

19e et 20e leçons. — **La Renaissance.** — Ses précurseurs en France : VILLON. — RABELAIS. — CLÉMENT MAROT. — MONTAIGNE. — RONSARD *et sa Pléïade.*

DU BARTAS. — DESPORTES. — **Agrippa d'Aubigné.**

21e, 22e, 23e et 24e leçons. — **La Pléïade Shakespearienne.** — Lente formation de la langue anglaise : mélange de saxon et de normand. CHAUCER *et les Contes de Cantorbéry.* — Tableau des mœurs sous Elisabeth. — Le Théâtre. — WILLIAM SHAKESPEARE : *Roméo et Juliette.* — *Le marchand de Venise.* — *Othello.* — *Hamlet.* — *Macbeth.* — *Le Roi Lear.* — *Richard III.* — *Coriolan.* — Les comédies. — BEN JONSON. — MARLOWE. — WEBSTER. — FORD, etc. etc.

La poésie épique : SPENCER : La *Reine des Fées,*
MILTON : Le *Paradis perdu.*

25e leçon. — **Les origines du roman proprement dit :** le roman chez les Grecs et chez les Latins. — Il ne se forme que sous la période Alexandrine. — Sa réapparition au moyen-âge : *Aucassin et*

Nicolette. — Les romans picaresques. — Abus des romans de chevalerie. — Les conteurs. — Le *Décaméron* de BOCCACE et l'*Heptaméron* de MARGUERITE, Reine de Navarre. — Le roman pastoral, le roman d'aventures et le roman bourgeois. — L'hôtel de Rambouillet et la vie mondaine à Paris. — D'URFÉ. — LA CALPRENÈDE. — Les SCUDÉRY. — Mérites de ces romanciers. — Leur influence sur la langue française. — Mme DE LAFAYETTE. — **Malherbe** arrête et fixe pour longtemps les formes de la poésie française. (Coupe de la strophe, vers Alexandrins, etc.)

26e leçon. — **Un grand poète néerlandais du XVIIe siècle :** JOOST VAN VONDEL : *Lucifer.* — *Ghysbrecht van Amstel.* — *Marie Stuart.* — Parallèle entre le *Lucifer* de VONDEL et le *Paradis perdu* de MILTON.

27e leçon. — **Le Théâtre Français.** — La *Passion*, la *Fête des Fous* et de l'*Ane.* — A rapprocher des origines du théâtre grec. — Le vieux théâtre français est né dans l'Eglise. — JODELLE. — La *Farce de Maître Pathelin.* — Les PRÉCURSEURS DIRECTS DE CORNEILLE : HARDY, ROTROU, SAINT-GENEST. — *Influence de l'Espagne sur le génie de* PIERRE CORNEILLE.

28e leçon. — CORNEILLE : Le *Cid.* — *Horace.* — *Cinna.* — *Polyeucte.*

29e et 30e leçons. — RACINE : *Phèdre.* — *Britannicus.* — *Iphigénie.* — *Andromaque.* — *Athalie.* — *Esther.* — *Iphigénie* et *Phèdre* DANS EURIPIDE. — L'*Andromaque* D'HOMÈRE ET D'EURIPIDE. — *Néron* DANS SUÉTONE.

31e leçon. — MOLIÈRE : L'*Avare.* — *Les femmes savantes.* — L'*école des femmes.* — *Don Juan.* — Les médecins, les valets, les maris ridicules, les ingénues, les soubrettes dans MOLIÈRE. — Le *Don Juan* espagnol repris par toutes les littératures modernes.

32e leçon. — MOLIÈRE : Le *Misanthrope.* — *Tartufe.* — Les faux dévots et les hypocrites. — Comparaison de *Tartufe* avec le *Jacques Surface* de **Shéridan** et le *Pecksniff de* **Dickens.** — Le *Théâtre de* **Regnard.**

33e et 34e leçons. — **Considérations générales sur le siècle de Louis XIV.** — BOILEAU et l'*Art poétique.* — Services que Boileau a rendus à la littérature française. — Apogée de la poésie classique. — Injustice et partialité de BOILEAU. — Mérites réels de quelques poètes dénigrés et bafoués par BOILEAU. — Le double génie de la littérature française. — La prose de VOLTAIRE et la prose de CHATEAUBRIAND ou de FLAUBERT. — LES DEUX COURANTS. — La poésie de RACINE et la poésie de HUGO. — LA FONTAINE. — Mme DE SÉVIGNÉ. — BOSSUET. — Le duc de SAINT-SIMON et les auteurs de *mémoires.* — LA BRUYÈRE. — PASCAL. — FÉNELON. — LE SAGE.

35e, 36e, 37e et 38e leçons. — **Les Philosophes et la Révolution. — Apogée de la prose classique. — Le Rôle des Salons. — Les femmes.**

VOLTAIRE : Les Contes. — Les Mémoires, etc.

DIDEROT : *Le Neveu de Rameau. — Jacques le Fataliste.*

JEAN-JACQUES ROUSSEAU : *Emile. — La Nouvelle Héloïse. — Les Confessions*, etc.

MONTESQUIEU : *Les Lettres persanes.* — BERNARDIN DE SAINT-PIERRE. — CAZOTTE. — L'ABBÉ PRÉVOST. — Le Théâtre de BEAUMARCHAIS et de MARIVAUX. — Eclipse de la poésie depuis le règne de Louis XIV. — Prose rimée. — Une seule exception : ANDRÉ CHÉNIER. — Epuisement de la littérature classique. — Imitation et Rhétorique. — Fadaises sentimentales. — L'Homme et la Femme sensibles sous la Révolution. — Les Pleurnichards : SOUMET, MILLEVOYE, etc.

39e leçon. — **Le Romantisme.**

Ses Origines dans le Moyen âge. — Retour à la Nature, à l'observation directe, souci de vérité, couleur locale. — Le Pittoresque. — La Couleur. — Réaction contre l'imitation des Grecs et des Latins. — En France, revanche du Moyen âge de Villon et de la Renaissance de Ronsard sur le classicisme de Malherbe et de Boileau. — Exotisme : l'Orient, l'Espagne, l'Italie. — Engouement pour le gothique. — Les légendes chrétiennes et populaires opposées aux fictions et aux fables de l'antiquité.

Le Romantisme en Allemagne : Formation tardive de l'allemand moderne. — L'ère de la véritable poésie allemande ne commence qu'aux approches du romantisme. — Klopstock. — Lessing. — WIELAND.

40e leçon. — GŒTHE et SCHILLER. — La poésie lyrique de ces deux grands hommes — Parallèle. — Popularité de Schiller. — Schiller, poète plus national que Gœthe. — Gœthe, universel. — L'Olympien.

Le théâtre de Schiller : *Les Brigands. — Wallenstein. — Guillaume Tell. — La Pucelle d'Orléans*, etc.

41e et 42e leçons. — Le *Faust* de GŒTHE. — Gœthe, romancier : *Werther*, *Wilhelm Meister*, etc. — Faust dans les diverses littératures modernes.

HENRI HEINE, poète allemand... gaulois et attique, lyrique et satirique. — BURGER. — UHLAND, etc., etc.. — La Ballade allemande.

43e leçon. — **Le Romantisme en Angleterre.**

Infériorité de l'esprit classique : DRYDEN, POPE, ADDISON. — Retour aux traditions nationales. — L'esprit nouveau. — ROBERT BURNS. — Paganisme et Protestantisme. — LORD BYRON et SHELLEY. — Les *Lakistes*. — Lord Byron scandalise l'Angleterre puritaine. — Le Cant. — WALTER SCOTT et le roman archéologique.

44e leçon. — **Le Romantisme en France.**

CHATEAUBRIAND et la prose poétique après la poésie prosaïque du

XVIIIe siècle. — Réveil de la poésie : VICTOR HUGO (*Les Odes et Ballades*). — LAMARTINE (Les *Méditations poétiques*). — MUSSET (*Contes d'Espagne et d'Italie*). — SAINTE BEUVE. — THÉOPHILE GAUTIER — ALFRED DE VIGNY. — Les poètes du Cénacle dits *Jeune France*. — Leurs batailles contre les derniers classiques. — La Première d'*Hernani*. — Néant et platitude du romantisme littéraire en Belgique. — Commencement d'un réveil avec VAN HASSELT, PIRMEZ et DE COSTER.

45e leçon. — LA MATURITÉ ET LA GLORIEUSE VIEILLESSE DE VICTOR HUGO.— Presque tout un Siècle de Poésie — *La Légende des Siècles*.— Celle-ci et d'autres recueils représentent les véritables épopées en langue française. — Infériorité de Hugo dans le théâtre, le roman, la critique, l'histoire... — Son Don principal est la Puissance verbale. — Avant tout un lyrique ! Amplifications et antithèses.

LES GRANDS CRITIQUES ET HISTORIENS : MICHELET, TAINE, RENAN, etc.

46e leçon. — **Honoré de Balzac et le Roman.**

Le Shakespeare du roman. — La Comédie humaine : *Eugène Grandet*. — *Les Paysans*. — *Le Père Goriot*, etc., etc. — Grandes figures : Mme Marneffe, Vautrin, Philippe Bridaux, etc., etc.— BENJAMIN CONSTANT : *Adolphe*. — STENDHAL : *Le Rouge et le Noir*, *la Chartreuse de Parme*. — PROSPER MÉRIMÉE.

47e leçon. — **Le Roman en Angleterre.**

LES MAÎTRES DU XVIIIe SIÈCLE : JONATHAN SWIFT : *Gulliver*. — DANIEL DE FOË : *Robinson Crusoé*, *Moll Flanders* ; FIELDING : *Tom Jones* ; SMOLLET : *Roderick Random* ; GOLDSMITH : *Le Vicaire de Wakefield* ; RICHARDSON : *Clarisse Harlowe*. — Le type de Lovelace comparé à Don Juan.

Les maîtres du XIXe siècle : CHARLES DICKENS. — THACKERAY : *Le livre des Snobs*. — GEORGE ELLIOT. — BULWER LYTTON. — Pourquoi inférieurs sous certains rapports aux grands romanciers français ? — Encore le *cant* et le *puritanisme*.

48e leçon. — **La poésie française.** — BAUDELAIRE, créateur d'un « frisson nouveau. » — Le poète américain EDGAR POE et son influence sur CHARLES BAUDELAIRE. — *Les fleurs du mal*. — *Les petits poèmes en prose*. — L'esthétique de CHARLES BAUDELAIRE. — Sa supériorité cérébrale. — BAUDELAIRE et THÉOPHILE GAUTIER, son maître « impeccable », sont les chefs de l'école dite des Parnassiens, dont les principaux représentants sont THÉODORE DE BANVILLE, LECONTE DE LISLE, HÉRÉDIA, MENDÈS, LÉON DIERX et COPPÉE. — Le satanisme et la perversité dans BAUDELAIRE. — Son influence sur les romanciers BARBEY D'AURÉVILLY et J. K. HUYSMANS et sur le graveur FÉLICIEN ROPS.

49e et 50e leçons. — PAUL VERLAINE et les POÈTES MAUDITS ou d'EXCEPTION. — GÉRARD DE NERVAL est le précurseur de ces artistes sensitifs et raffinés. — ARTHUR RIMBAUD. — TRISTAN CORBIÈRE. — STÉPHANE MALLARMÉ. — Symbolistes et Décadents. — PAUL LAFORGUE et le vers libre.

Un conteur génial issu d'EDGAR POE et de BAUDELAIRE : VILLIERS DE L'ISLE ADAM. — *Les Contes cruels.*

GUSTAVE FLAUBERT, un PARNASSIEN DE LA PROSE. — EMILE ZOLA et le NATURALISME. — Les GONCOURT et l'ECRITURE-ARTISTE. — Le **Théâtre** de MUSSET, d'AUGIER, de DUMAS fils et d'HENRI BECQUE.

51e leçon. — Coup d'œil sur le mouvement littéraire contemporain. — Influence des littératures du Nord. — Le théâtre d'IBSEN. — Les grands écrivains et sociologues russes : TOLSTOÏ, D'OSTOÏEWSKI. — L'« *Emballement* » pour NIETZSCHE. — L'Arrivisme littéraire. — Le Naturisme. — L'abondance des talents en Europe, surtout en Angleterre et en France. — Trop de livres. — La production effrénée. — Recettes de Virtuoses. — Rien à dire mais écrire quand même! — La crise du livre. — Manque de recul pour apprécier les écrivains de ces dernières années. — Quelques noms : HENRI DE RÉGNIER, ALBERT SAMAIN, VIELÉ-GRIFFIN, PAUL FORT, etc., etc. — Les romanciers : MAURICE BARRÈS et le Nationalisme. — M. ANATOLE FRANCE. — M. PIERRE LOTI. — PAUL ADAM. — REMY DE GOURMONT. — LE THÉATRE. — « L'ESPRIT ROSSE ».

52e et dernière leçon. — La littérature française en Belgique depuis 1880 jusqu'à ce jour. — MM. PICARD et LEMONNIER. — Les poètes et les prosateurs de la « Jeune Belgique ». — MM. MAX WALLER, VERHAEREN, GIRAUD, SEVERIN, GILKIN, MAETERLINCK, ELSKAMP, VAN LERBERGHE, DEMOLDER, MAUBEL, DELATTRE, KRAINS, GARNIR, etc., etc. Les lettres flamandes depuis HENRI CONSCIENCE.

1902-2876. E. 213. Imprimerie BECQUART-ARIEN.

www.ingramcontent.com/pod-product-compliance
Ingram Content Group UK Ltd.
Pitfield, Milton Keynes, MK11 3LW, UK
UKHW021018220726
13924UKWH00001B/58